14 Mars 1892.

99 P.

Vente après décès de Mme X***

IMPORTANT MOBILIER

TENTURES

BRONZES DE BARBEDIENNE

MARBRES

Bijoux, Argenterie

TABLEAUX, OBJETS D'ART

Me PAUL CHEVALLIER
COMMISSAIRE-PRISEUR
10, rue de la Grange-Batelière, 10

Me GEORGES DUCHESNE
COMMISSAIRE-PRISEUR
6, rue de Hanovre, 6

M. CHARLES MANNHEIM
EXPERT
7, rue Saint-Georges, 7

M. ARTHUR BLOCHE
EXPERT
25, rue de Châteaudun, 25

CATALOGUE

D'UN

IMPORTANT

MOBILIER ARTISTIQUE

GARNISSANT

Deux Salons, Cabinet de travail, Galerie, Salle à manger, Chambres à coucher
Cabinet de toilette, etc.

AYANT ÉTÉ FOURNI PAR LES MAISONS

Jules Allard et fils, Cornu, Roll, Toy, Caron, Boullard et Chevillard

TRÈS BEAUX BRONZES D'ART ET D'AMEUBLEMENT

DE BARBEDIENNE ET DE MARNYHAC

Pièces importantes en émail cloisonné de Chine

GROUPES, STATUES, BUSTES EN MARBRE

De Franceschi, Falguière, Carlier, Franchi, Clésinger, Carrier-Belleuse

TABLEAUX, MINIATURES, ÉMAUX

DIAMANTS, BIJOUX, ARGENTERIE, ORFÈVRERIE

Boîtes, Jades, Matières précieuses, Armes et Armures
Anciennes Porcelaines montées et non montées, Faïences françaises et hollandaises
Jolies Pièces en laque d'or du Japon, Vitraux, Livres

DONT LA VENTE AURA LIEU

Par suite du décès de Mme X***

HOTEL DROUOT, SALLE N° 1

Les Lundi 14, Mardi 15, Mercredi 16 et Jeudi 17 Mars 1892

à deux heures

Par le Ministère de

Me PAUL CHEVALLIER	Me GEORGES DUCHESNE
COMMISSAIRE-PRISEUR	COMMISSAIRE-PRISEUR
10, rue de la Grange-Batelière, 10	6, rue de Hanovre, 6

Assistés de

M. CHARLES MANNHEIM	M. ARTHUR BLOCHE
EXPERT	EXPERT PRÈS LA COUR D'APPEL
7, rue Saint-Georges, 7	25, rue de Châteaudun, 25

Chez lesquels on distribue le présent Catalogue

EXPOSITION PUBLIQUE, SALLES Nos 1 et 3

Le Dimanche 14 Mars 1892, de 1 heure 1/2 à 5 heures 1/2

CONDITIONS DE LA VENTE

Elle sera faite au comptant.

Les Acquéreurs paieront *cinq pour cent* en sus du prix d'adjudication.

L'exposition mettant le public à même de se rendre compte de l'état des objets, aucune réclamation ne sera admise une fois l'adjudication prononcée.

Paris. — Imp. de l'Art. E. Ménard et Cie, 41, rue de la Victoire.

DÉSIGNATION DES OBJETS

MOBILIER, TENTURES

1 — Ameublement de grand salon style Louis XVI, en bois noir sculpté garni de bronzes dorés, composé de deux canapés, quatre fauteuils, quatre grandes chaises et quatre petites chaises à dossiers forme lyre ; le tout couvert en brocatelle rouge ton sur ton. Ayant été fourni par la maison Chevillard.

1055.

2 — Deux décorations de croisées, quatre décorations de portes composées chacune de deux grands rideaux et de draperies formant bonnes grâces, en brocatelle rouge, dessin ton sur ton, garnies de franges avec embrasses assorties accompagnées de six galeries et de patères en bois noir garnies de bronzes dorés et ciselés. Style Louis XVI.

3 — Décoration de baie, composée de deux grandes portières avec une draperie formant bonne grâce, semblable aux précédentes.

4 — Deux meubles à hauteur d'appui en bois noir, richement garnis de bronzes dorés et offrant sur le panneau un médaillon à couronne de fleurs et papillons en mosaïque de Florence; dessus en marbre noir suivant les contours des meubles.

5 — Beau piano de Pleyel en bois noir, richement garni de bronzes dorés et orné de mosaïques de Florence. Style Louis XVI.

6 — Tabouret de piano, semblable au meuble de salon.

7 — Écran en bois sculpté et doré, avec panneau en satin gris ardoise, broderie à plantes et arbrisseaux en soie verte et mordorée, de différents tons. Style Louis XVI.

8 — Grande table de milieu en bois noir, richement garnie de bronze; dessus en mosaïque de Florence, représentant des grappes de fruits, des oiseaux et des papillons. Style Louis XVI.

9 — Petite table triangulaire à volets, couverte en peluche et broderie.

10 — Grande glace biseautée avec cadre en bois noir, à fronton, garni de bronzes dorés, de médaillons en marque-

terie de cuivre et d'écaille et de chutes de fruits en mosaïque de Florence. Ayant été fournie par la maison Jules Allard fils.

11-12 — Deux grandes glaces médaillons biseautées, avec cadres à rocailles, guirlandes de fleurs et enroulements au ton bruni. Ayant été fournies par la maison Boulard.

13 — Bel ameublement de salon de style Louis XIV, composé d'un canapé, quatre fauteuils, quatre chaises et deux tabourets de pieds en bois sculpté et doré, dessin à coquilles, jetées de fleurs et feuillages, couvert en brocart gris argent, broché à festons et bouquets de fleurs.

14-15 — Deux consoles en bois sculpté et doré, dessin à rocailles et guirlandes de fleurs; dessus en marbre blanc et tablettes en peluche rouge, garnies de franges.

16-17 — Deux petits miroirs ovales et biseautés, cadres en bois noir garnis de bronzes dorés, avec chutes de fleurs et figures d'enfants tenant des médaillons à fleurs en porcelaine de Tournai.

18-19 — Deux tables à jeu en bois noir, richement garni de bronzes dorés, avec bouquets de fruits en mosaïque de Florence. Style Louis XVI.

20 — Tablette de cheminée avec rideaux en peluche rouge ornés de broderies à fleurs et garnis de franges.

21 — Piano à cordes obliques en bois noir, de Pleyel.

22 — Beau dessus de piano en satin bleu turquoise, richement orné d'applications à dessins Renaissance, garni de franges et de passementeries, doublé en serge de soie rose.

23 — Casier à étagères en bois noir.

24 — Décoration de croisée et de baie en satin marron, avec transparents et draperies en dauphine, de même ton, broché à fleurs, garnies de franges, accompagnées de cordelières, d'embrasses et de glands assortis. De la maison J. Allard fils.

25-26 — Deux jolies glaces biseautées, genre vénitien, avec cadres à frontons en glaces gravées. Style Louis XIV.

27-28 — Quatre petites consoles-supports en bois noir et or.

29 — Deux petites consoles-supports en bois sculpté et doré, dessin à jour. Style Louis XVI.

30 — Table à étagères, couverte en peluche et brocart, avec draperie en satin bleu.

31-32 — Deux tables à jeu en marqueterie de luxe ; décor vases de fleurs, amours et rinceaux, garnies de filets de cuivre.

33 — Grande glace avec cadre doré, à coquilles, ornements et jetés de fleurs. Style Louis XIV.

34 — Grande table de salon en marqueterie de luxe, analogue aux tables de jeu précédentes.

35 — Très bel ameublement de cabinet de travail ou de salon, style Renaissance, composé d'un canapé, deux fauteuils et deux chaises en poirier noirci finement sculpté, recouvert en satin mordoré orné de riches broderies anciennes d'argent et de soie, représentant des corbeilles fleuries, des gerbes de feuillages et de fleurs s'entrelaçant. Le dossier du canapé à trois médaillons représente en ressaut et sur fond ajouré des cariatides d'amours, des dauphins se terminant en volutes et des ornements inspirés des cartons de Raphael. Les encadrements présentent une suite de coquilles et d'enroulements. Le haut du dossier à trois frontons présente des têtes de femmes à chevelure empanachée se détachant entre des consoles à feuilles d'acanthe et ornées d'applications de marbre rouge antique. Les bras du canapé et des fauteuils ont pour attaches des masques fabuleux et se terminent par des têtes de béliers. Les dossiers des fauteuils sont semblables comme sculpture à celui du canapé. Cet ameublement a été exécuté par la maison Jules Allard fils.

36 — Grande et belle bibliothèque en bois noir sculpté incrusté de filets de cuivre, style Renaissance. Le bas avec façade en ressaut s'ouvre à cinq portes ; celles de

côté cintrées et ornées de colonnettes détachées surmontées de chapiteaux; à hauteur d'appui, une rangée de tiroirs; le corps supérieur, à trois portes garnies de glaces, avec côtés représentant des niches, est couronné par un fronton à buste de femme et figures d'amours. A été exécutée par la maison Jules Allard fils.

37 — Meuble à hauteur d'appui, à six tiroirs superposés, dont cinq à rabat, ornées de colonnes détachées tout en bois noirci et sculpté.
Ayant été fourni par la maison Jules Allard fils.

38 — Bureau à quatre faces en bois noir sculpté, style Renaissance, avec pieds à têtes de lions, coquilles et griffes. Exécuté par la maison Jules Allard fils.

39 — Deux grands fauteuils recouverts en panne verte, avec larges bandes s'étendant du haut du dossier jusqu'au bas du siège, et sur les accotoirs en satin caroubier orné de riches broderies anciennes en soie et fil d'argent, dessin à gerbes de fleurs et de feuillages animées d'oiseaux, garnis de franges assorties. Ayant été fournis par la maison Jules Allard fils.

40 — Table-support forme carrée en mosaïque de marbre, dessin à damier, monture en bronze, patine brune et frottée dans le goût chinois. A été fourni par la maison Cornu et Cie.

41 — Six gaines en bois noir sculpté, dessus à plate-forme évidée. Ont été fournies par la maison Roll.

42 — Deux supports en bois noir sculpté, à têtes d'éléphants. Ayant été fournis par la maison Toy.

43 — Six escabeaux en bois sculpté, style Renaissance, dossiers à fronton et partie ajourée.

44 — Trois escabeaux en bois sculpté, style Renaissance, dossiers avec fronton à coquilles.

45 — Tabouret en chêne sculpté.

46 — Deux fauteuils en noyer sculpté avec dessus et dossiers tendus de velours rouge garnis de frange jaune et rouge. Travail espagnol. xvie siècle.

47 — Quatre décorations de baies, composées de huit portières en brocatelle ancienne, fond havane, grand dessin jaune d'or et gris argent, Louis XIV, encadrées de peluche rouge garnies de franges et relevées par des cordelières avec glands assortis.

48 — Deux tableaux japonais, fond en bois, avec de très belles applications d'ivoire et de bois finement sculptés, représentant : l'un, un personnage portant une cloche et l'autre une corbeille de fruits ; sur le fond des panneaux sont incrustés les cachets ou signatures des auteurs avec cadres ornés de décors de laques d'or, dessin à jetés de fleurs et de feuillages.

49 — Grand buffet à deux corps en noyer sculpté rehaussé de dorure avec incrustations de malachite; le corps inférieur ferme à deux portes ornées de deux bas-reliefs en bronze de Barbedienne : Chanteurs d'après Luca della Robbia, et contient deux tiroirs; le corps supérieur ferme à deux portes vitrées, il est monté à cage ornée de glaces. Fronton découpé, présentant un buste en bronze de Diane de Poitiers, étagères sur les deux côtés. Maison J. Allard.

50 — Deux dressoirs, même style, enrichis chacun de deux bas-reliefs en bronze : Chanteurs d'après Luca della Robbia, et d'un buste en bronze de Barbedienne. Maison J. Allard.

51 — Table de salle à manger de forme ovale, même style, avec cinq allonges. Maison J. Allard.

52 — Douze chaises de salle à manger en noyer sculpté rehaussé de dorure et couvertes en maroquin. Maison J. Allard.

53 — Deux autres assorties aux précédentes, mais ornées d'une balustrade sur le dossier.

54 — Très beau cartel-applique en bois sculpté; le mouvement surmonté d'un vase de fleurs est porté par une femme ailée tenant une torche, allégorie de la Nuit bercée par l'Amour. Maison J. Allard.

55 — Six belles cantonnières, dont cinq de même dimen-

sion, en peluche rouge, avec applications de satin vieil or, broderie à fleurs, rinceaux et émaux.

56 — Beau tapis de table assorti aux cantonnières précédentes.

57 — Cinq paires de portières en peluche verte.

58 — Table à ouvrage à étagères en racine de noyer et palissandre.

59 — Ameublement de chambre à coucher en marqueterie de bois de couleur, décor à fleurs et rinceaux, garnie en bronze doré, composé d'un lit de milieu, d'une armoire à glace biseautée, deux chiffonniers surmontés de glaces biseautées, un meuble à hauteur d'appui surmonté d'une glace, et trois petites consoles. Style Louis XVI.

60 — Ameublement de chambre à coucher en marqueterie de bois de couleur, décor à fleurs et ornements, garni de bronzes dorés, composé d'un lit de milieu et une table de nuit.

61 — Meuble d'appui à deux portes. Même travail.

62 — Chiffonnier à huit tiroirs. Même travail.

63 — Deux fauteuils en velours rouge capitonné.

64 — Petite table à étagères en thuya et bois noir.

65 — Décoration de chambre à coucher en velours rouge et bandes imitation de tapisserie au point, composée de trois paires de rideaux avec lambrequins, quatre paires de portières, un dessus de lit et garniture de lit avec ciel de lit, glands et embrasses assortis.

66 — Ameublement de chambre à coucher en velours rouge capitonné avec franges, composé d'une chaise longue, trois fauteuils et deux chaises forme ottomane.

67 — Deux grandes glaces biseautées, cadres dorés ornés de carquois et guirlandes de fleurs. Style Louis XVI.

68 — Glace biseautée, forme ovale, cadre doré, fronton formé d'un groupe d'oiseaux.

69 — Ameublement de chambre à coucher en palissandre ciré, composé d'un lit, d'une table de nuit et un chiffonnier.

70 — Couvre-lit en satin grenat avec broderies de soie de couleurs, décor oiseaux et fleurs.

71 — Ameublement de chambre à coucher en drap rouge, bandes et franges noires, composé d'un divan avec trois coussins et deux fauteuils.

72 — Paire de rideaux, paire de portières avec couvre-lit et rideaux de lit.

73 — Armoire à glace en bois noir.

74 — Grande glace biscautée avec fronton et encadrement en cuivre repoussé. Style Louis XIII.

75 — Tenture en drap marron et bandes en peluche, composée de deux paires de portières et une paire de rideaux.

76 — Ameublement de fumoir, composé d'un canapé-lit, cinq chaises fumeuses, couvert en drap marron avec franges.

77 — Table à étagère en bois noir incrusté de filets de cuivre, garni en bronze, et enrichie de plaques de lapis. Style Louis XVI.

78 — Mobilier de cabinet de toilette en érable, comprenant une armoire à glace, une grande toilette avec glace, une autre plus petite, un petit meuble surmonté de sa glace et une chaise.

79 — Deux paires de rideaux et portières, et une portière simple en drap bleu, avec embrasses et glands.

80 — Deux chaises en bois peint blanc, couvertes en drap bleu.

81 — Porte-manteaux et parapluies en chêne.

82 — Grande toilette pour deux personnes en pitchpin à filets bleus, dessus en marbre blanc, surmontée d'une glace.

83 — Petite table, décor genre vernis Martin, à sujet galant.

84 — Table gigogue à quatre compartiments, en laque noir, à rehauts d'or.

85 — Corbeille garnie en étoffe, avec draperies en soierie, brochée fond rose.

86 — Coffret en fer à bijoux, de Fichet.

87 — Coffret en bois noir, incrusté d'ivoire.

88 — Portière en velours vert, avec bandeau en broderie de la Renaissance.

MARBRES

CARRIER-BELLEUSE

89 — *Diane chasseresse au repos.*

Joli groupe en marbre blanc.
Signé : A. Carrier.

Haut., 75 cent.

CARRIER-BELLEUSE

90 — *Psyché.*

1300

Jolie statuette en marbre blanc.
Signée : A. Carrier.

Haut., 75 cent.

CARLIER

91 — *La Cruche cassée.*

Charmante statuette en marbre blanc.
Signée : E. Carlier.

Haut., 70 cent.

CARLIER

(E.).

92 — *La Frileuse.*

1210

Statuette en marbre.
Signée : E. Carlier.

Haut., 80 cent.

CLÉSINGER

93 — *Judith.*

Buste en marbre blanc.
Sur socle en marbre bleu turquin, garni de bronze.

Hauteur avec le socle, 78 cent.

FALGUIÈRE

(A.)

94 — *Dorothée.*

Groupe en marbre.
Signé et daté : A. Falguière, 1874. Haut., 75 cent.

FRANCESCHI

95 — *Le Réveil.*

Belle statuette en marbre blanc.
Signée : Franceschi. Haut., 72 cent.

FRANCHI

96 — *Sapho.*

Beau buste en marbre blanc. Haut., 60 cent.

GUARNERIO

(P.)

97 — *Enfant debout, vêtu d'une chemisette.*

Marbre blanc.
Signé : *P. Guarnerio, Milano.* Haut., 85 cent.

ÉCOLE MODERNE

98 — *Apollon.*

Buste en marbre blanc, sur socle en serpentine.

ÉCOLE MODERNE

99 — *La Lecture.*

Statuette en marbre blanc, sur socle en marbre blanc.

Haut., 65 cent.

ÉCOLE MODERNE

100 — *Béatrice du Dante.*

Buste en marbre.

ÉCOLE MODERNE

101 — *Bacchante.*

Statue en marbre.

Haut., 90 cent.

BRONZES D'ART

AIZELIN

102 — *Psyché.*

Statuette en bronze argenté.
Édition de Barbedienne.
Signée et datée 1863.
Sur socle en velours rouge.

Hauteur sans le socle, 40 cent.
Hauteur totale, 55 cent.

BARYE

103 — *Lion assis.*

Bronze, patine verte.

JEAN DE BOLOGNE

(D'après)

104 — *Renommée et Mercure.*

Deux petites statuettes, bronze à patine rouge.

Socles en marbre rouge griotte, ornés de bas-reliefs en bronze : Jeux d'amours.

CARRIER-BELLEUSE

105 — *La Victoire.*

Statue allégorique en bronze, à patine frottée d'or, debout sur une boule en bronze poli, tenant dans chaque main une gerbe à quatre lumières en bronze doré.

Édition de Barbedienne.

Élevée sur un socle en bois sculpté

Hauteur de la statue, 1 m. 35 cent.
Hauteur de la statue avec son socle, 2 m. 5 cent.

CAVELIER

106 — *Pénélope.*

Statuette en bronze argenté.

Édition de Barbedienne.

Signée.

Sur socle en velours rouge.

Hauteur sans le socle, 40 cent.
Hauteur totale, 55 cent.

CHAPU

107 — *Jeanne d'Arc.*

Statuette en bronze.
Édition de Barbedienne.
Signée.
Sur socle en bois noir.

Hauteur sans le socle, 47 cent.
Hauteur totale, 56 cent.

CLÉSINGER

108 — *La Zingara.*

109 — *La Danseuse au tambourin.*

Deux statuettes en bronze argenté.
Signées.
Édition de Marnyhac.
Socle en marbre noir.

Haut., 45 cent.

CLÉSINGER

110 — *L'Ariane.*

Petit groupe en bronze ciselé et doré.
Édition de Marnyhac.
Signé et daté 1869.
Socle en marbre rouge.

CLÉSINGER

111 — *L'Été et l'Automne.*

Deux petits bustes en bronze.
Signés et datés de Rome, 1857.
Édition de Barbedienne.

CLÉSINGER

112-113 — *La Zingara et la Danseuse aux cymbales.*

Deux statuettes en bronze argenté.
Signées.
Édition de Marnyhac.
Socles en marbre noir.

CLÉSINGER

114 — *La Zingara.*

115 — *La Danseuse au tambourin.*

Deux statuettes en bronze argenté.
Édition de Marnyhac.

DUBOIS
(PAUL)

116 — *Nymphe torchère.*

Statue en bronze portant un bouquet à six lumières, système à gaz.
Édition de Barbedienne.
Signée.
Posant sur socle en bois sculpté, fourni par Barbedienne.

Hauteur de la torchère, 1 m. 50 cent.
Avec le socle, 2 m. 32 cent.

FALGUIÈRE

117 — *Nymphe torchère.*

Statue en bronze portant un bouquet à six lumières, système à gaz.

Édition de Barbedienne.

Signée.

Posant sur un socle en bois sculpté, fourni par Barbedienne.

Hauteur de la torchère, 1 m. 50 cent.
Avec le socle, 2 m. 32 cent.

FRÉMIET

118 — *Saint Michel.*

Groupe en bronze doré.

Signé.

Sur socle en marbre rouge.

Haut., 60 cent.

119 — *Saint Georges.*

Groupe en bronze doré.

Sur socle en marbre rouge.

Haut., 50 cent.

JEAN GOUJON

(D'après)

120 — *Les Fleuves.*

Quatre bas-reliefs en bronze, patine frottée d'or.

Édition de Barbedienne.

Signes.

Montés sur fond de peluche rouge.

Haut., 1 m. 16 cent.

LEPAUTRE

121 — *Énée, Anchise et Ascagne.*

Groupe en bronze, patine brune.
Édition de Barbedienne.
Sur socle en marbre noir.

Hauteur sans le socle, 60 cent.
Hauteur totale, 77 cent.

GHIBERTI (LORENZO)

(D'après)

122 — *La Reine de Saba visitant Salomon.*

123 — *Histoire de Joseph.*

124 — *Le Passage du Jourdain.*

125 — *Ésaü et Jacob.*

126 — *Moïse sur le mont Sinaï.*

127 — *David vainqueur de Goliath.*

Six magnifiques hauts-reliefs en bronze, reproduction du Baptistère de Florence, avec cadres en bois noir ornés de hauts-reliefs en bronze, représentant des compositions allégoriques de la même décoration.

Travail de Barbedienne.
Signés.

Haut., 95 cent.; larg., 95 cent.

MERCIÉ

(A.)

128 — *Gloria Victis.*

Très beau groupe en bronze.
Édition de Barbedienne.
Élevé sur une colonne en chêne sculpté, rehaussé d'or par parties.
De la maison J. Allard fils.

Haut., 1 m. 40 cent.

MERCIÉ

(A.)

129 — *David.*

Belle statue en bronze de Barbedienne.
Signée.

Haut., 1 mètre.

MICHEL-ANGE

(D'après)

130 — *Moïse.*

Statuette en bronze.
Édition de Barbedienne.

Haut., 60 cent.

131 — *Le Penseur.*

Statuette en bronze.
Édition de Barbedienne.

Haut., 60 cent.

132 — *La Vénus de Milo.*

Statuette en bronze.
Édition de Barbedienne.
Signée.

Haut., 95 cent.

133 — *Les Chevaux de Marly.*

Groupe en bronze, patine claire.
Socle en marbre rouge antique.

134 — *Le Char antique.*

Petit groupe en bronze vert.
Sur socle en marbre rouge antique.

135 — Groupe en bronze argenté et doré, formant porte-cigares, représentant une ondine et des enfants tritons se détachant au milieu des plantes aquatiques dans les flots de la mer.

Exécuté par la maison Marnyhac.
Socle en velours rouge.

136-137 — *Les Coureurs, la Vénus de Milo, la Frondeuse.*

Quatre figurines en bronze argenté.
Édition de Barbedienne.

138 — *Petite Fille envoyant un baiser.*

Statuette en bronze argenté et doré
De Susse. Socle en peluche.

139 — *Les Bacchantes antiques.*

Deux figurines en bronze, patine rouge.

140 — Deux cendriers en bronze ciselé, patine frottée d'or, avec bas-reliefs d'après l'antique, de Levillain.

Signés.
Édition de Barbedienne.

141 — Jolie statuette en bronze vert et ivoire sculpté : *Cérès antique.*

Travail de Barbedienne.

142 — Petite figurine : *Vénus de Milo.*

Bronze de Barbedienne.

143 — Petit buste en bronze argenté : *Esculape.*

Socle en marbre vert.

TABLEAUX

BAKALOWICZ

144 — *La Mariée.*

BOULANGÉ

145 — *Forêt.*

CHASSÉRIAU

146-147 — Sujets religieux.

Deux pendants.

JACQUES COURTOIS

(Dit le BOURGUIGNON)

(Attribué à)

148 — *Scène de combat antique.*

Sur un pont et aux bords d'une rivière. Fond de montagne.

Grand tableau.

COUTURIER

149 — *Basse-cour.*

DURAND-BRAGER

150 — *Marine.*

Signé et daté 1864.

GÉROUX

(ACHILLE)

151 — *Chevaux de trait.*

Signé.

GRENIER

152 — *Paysage.*

Signé et daté 1850.

GUDIN

153 — *Marine.*

HUGHTENBOURG

154 — *Combat de cavalerie.*

LORSAY
(EUSTACHE)

155 — *Deux Hommes ivres.*

Signé et daté 1853.

SANTERRE

156 — *La Femme au tambourin.*

Portrait de jeune dame de qualité en costume de la comédie italienne, tournée vers la droite, la tête presque de face; coiffée d'une toque à plumes; agitant un tambourin.

VERNON
(PAUL)

157 — *Vue de Venise.*

Signé.

ÉCOLE MODERNE

158 — *Route en forêt.*

159 — *Chèvres sous bois.*

Deux petits tableaux se faisant pendants.

ÉMAUX CLOISONNÉS

160 — Deux magnifiques brûle-parfums en émail cloisonné de Chine, fond bleu turquoise, décor paysages avec nombreux animaux, volatiles et quadrupèdes en couleur, ornés d'anses en forme de crosses, supportés par trois grues debout, en émail cloisonné, fond blanc; posant sur un terrassement en marbre rouge griotte; avec couvercle en bronze ciselé, repercé et doré, à médaillons en émail cloisonné, surmontés d'un dragon s'enroulant autour d'un buisson. — Haut., 1 mètre.

161 — Paire de grands et magnifiques vases en émail cloisonné de Chine à panses sphériques, décor à paysages fleuris animés d'oiseaux et de papillons en toutes nuances, se détachant sur fond bleu turquoise; les cols sont ornés d'une riche monture en bronze fumé et frotté avec dragons et lambrequins, de la maison Marnyhac. — Haut., 85 cent.

162 — Deux très beaux supports, en bronze fumé et frotté, de style chinois, ornés de têtes d'éléphants. Travail de la maison Marnyhac.

163 — Paire de jolies lampes en émail cloisonné, fond bleu pâle, avec bouquets de fleurs et papillons en émaux polychromes; monture en bronze doré et poli, avec anses à têtes d'éléphants. Travail dans le goût chinois, de la maison Barbedienne; système à gaz. Sur socles en velours.

164 — Paire de vases en émail cloisonné, fond bleu pâle, avec gerbes de fleurs en vert, violet et opale; monture en bronze doré. Travail de Barbedienne.

165 — Belle jardinière ronde en émail cloisonné de Chine, décor aux cigognes, cerf, papillon et plantes en couleur, sur fond bleu turquoise; monture en bronze doré, pieds à têtes d'éléphants, anses à masques de chimères avec anneaux mobiles. Travail de Barbedienne.

166 — Deux cassolettes ou bonbonnières en émail cloisonné de Chine. Montées sur pieds en bois noir sculpté.

167 — Deux très grands et magnifiques plats en émail cloisonné du Japon, d'une finesse rare, représentant des scènes familières à nombreuses figures en couleur, sur fond bleu turquoise, encadrement fond blanc à ornements. Ayant été fournis par la maison Barbedienne.

168 — Paire de très belles bouteilles à goulots élancés, en émail cloisonné de Chine, dessin à arabesques de couleur sur fond bleu turquoise, avec dragons en bronze doré, grimpant et se détachant sur la gorge. Posant sur socles en bois sculpté.

169 — Paire de bouteilles à panse sphérique en émail cloisonné de Chine, fond bleu turquoise, col fond jaune. Dessin en polychrome.

170 — Paire de vases, forme bouteilles, en émail cloisonné

de Chine, fond bleu turquoise, à fleurs et entrelacs en couleur. Sur pieds en bois sculpté.

171 — Deux grands et beaux plats ronds représentant, l'un des personnages et une chimère dans un paysage accidenté, l'autre des ibis dans un paysage, en émail cloisonné du Japon. Travail très fin.

172 — Deux plats ronds en émail cloisonné du Japon, fond vert, décor : fleurs et oiseaux.

173 — Deux grands et beaux plats, en émail cloisonné du Japon, représentant des ibis dans des paysages, sur fond bleu turquoise.

174 — Deux plats en émail cloisonné du Japon : guerrier debout, sur fond bleu.

175 — Deux autres : oiseaux, sur fond bleu.

176 — Coupe à deux anses en émail cloisonné, monture de bronze. A été fournie par la maison Barbedieune.

177 — Deux cornets cylindriques, en ancien émail cloisonné de Chine, fond bleu à fleurs. Monture en bronze.

178 — Deux cendriers en émail cloisonné du Japon.

179 — Deux plateaux en émail cloisonné du Japon, de formes diverses.

180 — Lustre à seize lumières, en émail cloisonné de Chine ; monture en bronze. Ayant été fourni par la maison Barbedienne.

181 — Deux petits vases en émail cloisonné, fond bleu turquoise, avec fleurs en couleur; monture bronze doré. Fournis par Barbedienne.

182 — Deux petites jardinières carrées en émail cloisonné polychrome, sur fond de bronze doré. Ont été fournies par la maison Barbedienne.

183 — Deux petites jardinières mignonnettes en émail cloisonné de Chine, fond bleu turquoise à semis de fleurs et feuillages en couleur.

184 — Petite cassolette mignonnette en émail cloisonné de Chine, fond bleu turquoise, dessin en couleur ; porte dessous une signature gravée.

185 — Paire de vases en émail cloisonné de Chine, fond bleu turquoise, frises, fond blanc, lambrequin vert, rouge et gros bleu, dessin polychreme.

186 — Paire de vases à panses cintrées en émail cloisonné de Chine, décor chauves-souris et entrelacs en couleur.

187 — Deux cassolettes à double fond, en émail cloisonné de Chine, décor par rayons : groupes de poissons, objets d'ameublement, chauves-souris et lambrequins en couleur, sur fond gros bleu.

188 — Aiguière en ancien émail cloisonné du Japon, forme inspirée de la Perse, fond vert à chimères et fleurs en couleur.

189 — Paire de petites gourdes mignonnettes en émail cloisonné de Chine, fond bleu turquoise à fleurs en couleur; socles en bois.

BRONZES D'AMEUBLEMENT

MATIÈRES PRÉCIEUSES ET PORCELAINES MONTÉES.

190 — Très belle garniture de cheminée composée d'une pendule en marbre bleu turquin avec riche monture en bronze ciselé et doré et deux candélabres forme cariatides de Dieu Pan aux pieds desquels des enfants posés sur des draperies viennent faire des offrandes de fleurs; surmontés de bouquets à douze lumières, modèles à rinceaux feuillagés et s'entrelaçant, enguirlandés de roses, avec gerbes de blé s'élançant au milieu. Style Louis XVI. Exécutée par la maison Marnyhac.

191 — Paire de beaux flambeaux en bronze ciselé et doré, formés de cariatides de femmes accouplées avec guirlande de fleurs style Louis XVI, sur socles en velours rouge.

192 — Très beau lustre à trente-six lumières en bronze ciselé et doré, modèle des plus élégants, à rinceaux

feuillagés avec chutes et guirlandes de fleurs, et couronnement à guirlandes de laurier ; au milieu s'élève un vase à anse grecque d'où s'échappe une flamme. Style Louis XVI. Travail de Barbedienne.

193 — Beau lustre à vingt lumières en bronze ciselé et doré, même modèle que le précédent. Travail de Barbedienne.

194 à 196 — Trois paires de bras d'applique en bronze ciselé et doré, même modèle. Travail de Barbedienne.

197-198 — Quatre jardinières en bronze poli et argenté de style Louis XVI, avec médaillons, jeux d'amours en bas-reliefs et anses à têtes de béliers.

199 — Beau devant de feu de style Louis XVI en bronze doré, modèle à balustrade, avec vase et brûle-parfums ornés de guirlandes de chaînes.

200 — Pelle et pincettes garnies de bronze doré. Style Louis XVI.

201 — Grande garniture de cheminée en bronze doré, composée d'une pendule forme vase avec anses à têtes de béliers, couronnées par un nid d'oiseaux; de chaque côté, des figures d'amours et de petites filles posant sur un terrassement orné de trophée de musique champêtre ; et deux candélabres à deux lumières.

202-203 — Quatre très beaux supports en bronze ciselé et

doré, représentànt quatre cariatides d'amours, supportant un vase très ornementé surmonté d'un plateau avec médaillon en ressaut au milieu, offrant en bas-relief des sujets mythologiques. Avaient été exécutés par la maison Eugène Cornu.

204 — Paire de cornets en porcelaine de Tournai, décor gros bleu à rehauts d'or avec scènes à jeux d'enfants dans des paysages; monture en bronze ciselé et doré avec pieds à griffes. Style Louis XVI.

205 — Paire de lampes en porcelaine bleu céladon, monture en bronze fumé et frotté dans le goût chinois.

206 — Deux groupes en porcelaine de Saxe: fêtes champêtres, composés chacun de six figures, sur socles en velours rouge.

207 — Très belle garniture de cheminée, composée d'une pendule en marbre vert de mer, ornée de bas-reliefs style grec, surmontée d'une Diane de Gabies en bronze argenté et doré, de Barbedienne, et deux lampes forme vases grecs avec sujets en bas-reliefs en bronze argenté et doré, système à gaz, de Barbedienne. Posés sur socles en velours rouge.

208-209 — Quatre lampes en marbre onyx d'Algérie, monture en bronze doré. Style Louis XVI. Ayant été fournies par la maison Cornu.

210 — Très beau vidrecome en bronze ciselé, argenté et doré, offrant au pourtour en bas-relief une scène de combat de l'Antiquité. L'anse représente un triton étouffant un monstre marin dans ses bras; le couvercle est couronné d'une figurine d'enfant sonnant dans une trompe de victoire.

211 — Paire de vases forme amphores en bronze argenté et doré, décorés de bas-reliefs, style grec, de Henry Cahieux.

212 — Devant de feu en bronze doré et argenté, style grec, de Barbedienne.

213 — Pelle et pincettes, surmontées de bustes d'enfants en bronze argenté.

214 — Deux très beaux brûle-parfums en bronze ciselé et doré, ornés de bas-reliefs à jeux d'amours; couvercles repercés surmontés d'une flamme. Socles en marbre rouge antique. Style Louis XVI. Travail de Barbedienne.

215 — Beau support en bronze fumé et frotté de style chinois, orné de têtes d'éléphants. Travail de la maison Marnyhac.

216 — Deux bas-reliefs bronze doré, représentant le Mariage mystique de sainte Catherine et la Vierge et Marie Salomé, attribués au XVIIe siècle. Cadre bois noir et or.

217 — Deux très jolies consoles d'applique en bronze ciselé et doré, avec plaques en porcelaine de Tournai, à sujets champêtres et bouquets de fleurs de style Louis XVI.

218 — Deux brûle-parfums forme urne avec couvercles dômés en porcelaine de Tournai, décor fond gros bleu : médaillons à sujets champêtres et bouquets de fleurs. Style Louis XVI.

219 — Deux bustes en porcelaine de Tournai : Louis XVI et Marie-Antoinette, décor gros bleu turquoise à rehauts d'or.

220 — Paire de beaux cornets en porcelaine de Tournai, fond gros bleu à rehauts d'or, avec sujets galants ; monture en bronze ciselé et doré. Style Louis XVI.

221-222 — Quatre bras d'applique à six lumières, en bronze, patine frottée, système à gaz, de Barbedienne.

223 — Riche suspension de salle à manger en bronze finement ciselé et doré, à lampe carcel et vingt-cinq lumières ; couronne à jour avec pendentifs de trophées ; au centre, un dôme à jour supportant des statuettes mythologiques. Maison Barbedienne.

224 — Deux belles torchères, style Renaissance, en bronze finement ciselé et doré ; le bouquet de quinze lumières est porté par une colonnette à laquelle grimpe un enfant ; base ornée de moulures en marbre rouge antique. Maison Barbedienne. — Haut., 2 m. 85 cent.

225 — Deux chenets en bronze ciselé et doré, de style Renaissance : statuette d'enfant sur base à trois faces ornées de mascarons, d'enfants et de satyres. Maison Barbedienne. — Haut., 80 cent.

226 — Galerie de cheminée en bronze.

227 — Couronnement de cheminée de style Renaissance en bronze ciselé et doré et marbre rouge antique : au milieu, un vase enguirlandé, accosté de deux consoles supportant les figures du Jour et de la Nuit d'après Michel-Ange. Maison Barbedienne.

228 — Deux vases en céramique moderne à décor d'oiseaux; monture en bronze doré à anses et piédouche.

229 — Deux coupes en onyx d'Algérie, sur pieds en bronze verni.

230 — Deux coupes en porcelaine de Chine, décor bleu et or, posant sur quatre pieds dauphins en bronze.

231-232 — Quatre flambeaux en bronze doré et argenté, tige bambou. Ont été fournis par la maison Barbedienne.

233 — Deux cornets en cristal, monture bronze argenté et frotté, avec oiseaux et feuillages en relief.

234 — Joli lustre en bronze, onyx et partie émaillé à douze

lumières. Style oriental. A été fourni par la maison Barbedienne.

235 — Petit lustre à crémaillère à sept lumières, en bronze doré, formant jardinière. A été fourni par la maison Barbedienne.

236 — Deux belles lampes en bronze patine brune, avec bas-reliefs, représentant des Bacchanales d'après l'antique, système à gaz, sur socles de marbre noir. Édition de Barbedienne.

237 — Pendule en bronze, surmontée d'une statuette : Jeune Fille assise ; sur socle doré.

238 — Devant de feu en bronze, deux chenets, modèles vases, style Louis XVI, avec galerie.

239 — Grande jardinière oblongue en onyx d'Algérie, avec applications de bronzes ciselés, représentant les Amours musiciens.

240 — Socle carré en onyx d'Algérie, garni de bronzes.

241 à 243 — Six lampes de chez Gagneau.

244 — Deux lampes en cuivre argenté, système modérateur.

245 — Colonne en marbre blanc, avec socle et support de marbre noir.

1090

246 — Deux lustres d'applique en bronze doré et repercé à jour, supportés par des rinceaux feuillagés et avec chaînes à six lumières, bandeau enrichi de cabochons, style XVe siècle ; suspendus à des potences forme crosses d'évêque, bois sculpté, peint et doré, orné de cabochons offrant au centre un saint Michel combattant le dragon. Les hampes en bois doré, partie garnie de peluche mordorée. Les lustres ont été exécutés par la maison Biais aîné et Rondelet, fournisseurs de Notre Saint-Père le Pape, et les hampes ont été fournies par la maison Jules Allard fils.

247 — Beau lustre en bronze, patine vieil argent et partie dorée, repercé par parties, à dix-huit lumières ; dans le goût du XVIe siècle. Exécuté par Barbedienne.

248 — Paire de jolis vases en bronze, partie argentée, à panse émaillée ; décor à fleurs, anses à têtes de chimères; couvercles surmontés de figurines de Chinoises. Travail de Marnyhac.

249 — Jolie garniture de cheminée en bronze ciselé et doré, style Louis XVI, composée d'une pendule, deux candélabres à deux lumières et deux brûle-parfums sur socles en velours rouge.

250 — Monstre en bronze, formant presse-papier.

251 — Petite pendule de bureau ou de chevet, avec réveille-matin en bronze gravé et doré; cage garnie de glaces biseautées, de la maison Gustave Sandoz.

252 — Baromètre de bureau, même forme et même travail, avec thermomètre au revers, de la maison Gustave Sandoz.

253 — Deux petits vases porte-allumettes et plumier en bronze, patine claire; décor branches de vignes en relief; sur socles en marbre noir. Travail de Barbedienne.

254 — Petite coupe à deux anses en bronze, patine frottée d'or; décor à gerbes de blé, de Barbedienne.

255 — Coupe sur piédouche, avec médaillon buste, d'après l'antique, de Barbedienne.

256 — Écritoire en marbre noir, avec godets à couvercles en bronze, ornés de médaillons d'après l'antique, et au milieu une statuette : le Courage militaire, de Paul Dubois. Édition de Barbedienne.

257 — Paire de petits candélabres à deux lumières en bronze, avec hérons sur tortues; sur socles en marbre noir. Travail de Barbedienne.

258 — Deux petites coupes mignonnettes en bronze, patine claire, décorées de fleurs, de branchages et d'oiseaux, de Barbedienne.

259 — Coupe en cristal rouge rubis portée par une figurine

d'enfant en bronze argenté, terrassement doré ; socle en marbre rouge griotte, de Barbedienne.

260 — Corbeille de forme aplatie en argent ciselé. Travail japonais.

261 — Deux supports en bronze argenté et poli, formés par trois cariatides de lions, de Barbedienne.

262 — Deux très petits vases brûle-parfums en bronze ciselé et argenté. Style Renaissance. Travail de Barbedienne.

263 — Presse-papier forme main en bronze, de Barbedienne.

264 — Deux petites aiguières, avec animaux se poursuivant et se détachant en ronde bosse, bronze doré de Thiébault.

265 — Deux petits candélabres de piano à deux lumières en bronze doré, à figures d'amours.

266 — Coupe en porcelaine de Saint-Amant, fond bleu turquoise, à cartels d'amours et de fleurs ; monture en bronze doré. Style Louis XVI.

267 — Lustre à douze lumières, en bronze doré et argenté, avec héron au milieu, de Barbedienne.

268 — Deux petits seaux en bronze doré et émail, de Barbedienne. Travail dans le goût persan.

269 — Lustre à trente lumières en bronze doré, à rinceaux feuillagés, avec mascarons.

270 — Cave à liqueurs en cristal blanc et bleui, cage en bronze argenté. Style Louis XVI.

271 — Deux guéridons en onyx d'Algérie, montés en bronze doré, de la maison Cornu.

272 — Deux jardinières en bronze ciselé, argenté et doré, décor en bas-relief à scènes enfantines, de Barbedienne.

273 — Deux jardinières carrées en métal de cloche, finement ciselé de Chine.

274 — Garniture de bureau en cuivre poli, style Renaissance, composée de cinq pièces : écritoire, deux candélabres, plumier et porte-allumettes, de Denière.

275 — Petit vase en bronze ancien du Japon.

276 — Deux flambeaux en cuivre au griffon.

277 — Deux petits cadres anciens en cuivre.

BIJOUX

278 — Beau bandeau de coiffure formant bracelet, à trois rangs de brillants composés de cent onze brillants, accompagné des corps de bracelet en or, enrichis de brillants et de roses.

279 — Cinq églantines en brillants, avec roses dans les extrémités, formant broches séparées ou ornements de coiffure.

280 — Broche modèle branchage feuillagé, avec églantine en brillants et roses.

281 — Jolie demi-parure en brillants, composée : 1° d'une broche forme ovale, offrant au centre un brillant entouré de sept autres, se détachant sur un double entourage de quarante-quatre brillants ; 2° une paire de boucles d'oreilles avec brillant au centre et double entourage de vingt-deux brillants, accompagnées de pendants à motif mobile au centre, se détachant au milieu d'un double entourage, comprenant en tout chacun cinquante-neuf brillants. Ces pendants, ajoutés aux extrémités de la broche, forment un beau bijou de corsage. (Les armatures en or accompagnent.)

282 — Belle demi-parure : broche à double entourage de trente-six brillants et boucles d'oreilles à entourages de dix brillants chacun.

283 — Paire de boucles d'oreilles avec perles au centre, entourées chacune de dix brillants, accompagnées de grosses perles poires suspendues à deux brillants superposés, montés à griffes.

284 — Bague *Marquise* composée de vingt et un brillants.

285 — Étoile formant épingle de cheveux avec brillant au centre et rayons pavés de brillants. En tout trente et un brillants.

286 — Joli bracelet en or enrichi d'un rang de dix-sept perles grises et mordorées entre deux rangs de vingt-trois brillants chaque, se terminant par des ornements en roses.

287 — Broche barrette même modèle, composée d'un rang de onze perles grises et mordorées, entre deux rangs de seize brillants.

288 — Broche barrette représentant une chaîne d'S, style Louis XVI, composée de quarante-six roses.

289 — Bracelet offrant au centre un motif ovale en brillants, entouré d'un rang de brillants et d'un rang de roses, le corps enrichi de brillants montés en chute, roses dans les extrémités. En tout trente-trois brillants et quarante-cinq roses.

290 — Bracelet, deux corps en or, enrichi de deux rangs de cinquante-sept brillants et six roses.

291 — Bracelet en or, corps orné de feuillages et de fleurs ajourés, en brillants et roses, offrant au centre un saphir entouré de douze brillants.

292 — Bague en or enrichie d'un brillant.

293 — Bague en or enrichie d'un brillant.

294 — Demi-parure : broche et boutons d'oreilles, composés de gros grenats cabochons entourés de roses.

295 — Épingle à chapeau forme boule en or, semée de roses.

296 — Flacon double à sels, monture vermeil.

297 — Paire de pendants d'oreilles en or mat et filigrané.

298 — Paire de boucles d'oreilles formées de deux jolies perles solitaires, surmontées d'un petit brillant.

299 — Deux épingles en écaille et roses.

ARGENTERIE

300 — Service de table en argent, comprenant :
Louche
Trois douzaines de cuillères de table.

Sept douzaines de fourchettes.
Deux douzaines de cuillères à dessert.
Deux douzaines de fourchettes à dessert.
Trois douzaines de cuillères à café.
Huit pelles à sel.
Cuillère à moutarde.
Cuillère à fraises.
Cuillère à sucre.
Deux pinces à sucre.
Quatre coulants guillochés.
Quatre brochettes.
Six coquetiers.
Deux salières.
Petite bouillote.
Tasse et soucoupe.
Le tout pesant seize kilogrammes.
Six douzaines de couteaux de table.
Deux douzaines de couteaux à dessert.
Deux douzaines de couteaux à lames d'argent.
Quatre pièces : hors-d'œuvre.
Couteau à fromage.
Couvert à salade.
Truelle à poisson.
Brosse à miettes.
Ciseau à raisin.
Deux casse-noix.
Vingt-quatre fourchettes à huitres en argent.

301 — Très beau char de triomphe en argent ciselé, attelé d'un cheval marin, avec un génie ailé dessus et guidé

par Vénus assise. Le tablier ainsi que les rosaces des roues sont aux armes d'Autriche. Le tour du char est tout au repercé, dessinant des mascarons et des ornements. Le haut des roues est enveloppé de frontons cintrés, à armoiries couronnées de figurines de génies. De chaque côté de la déesse, à l'avant du char, s'élèvent deux coupes lobées sur gaines à figures de chérubins ; à l'arrière, deux amours tiennent des bannières avec inscriptions : *Vino*, *Salve*. Au milieu, un socle ajouré supporte un grand gobelet avec couvercle, travail de repoussé, décoré de griffons tenant des armoiries, des arabesques de feuillages tenues par des cariatides de naïades, avec couvercle couronné par une figurine de chevalier. Provient de la vente de San-Donato.

302 — Gobelet avec couvercle en argent repoussé et ciselé, offrant au pourtour des personnages mythologiques et d'autres en costumes du XVe siècle ; au-dessous, des bustes de personnages et des rinceaux. Le couvercle représente un château fort défendu par des cygnes et couronné par un chevalier.

303 — Quatre petits lustres miniatures en argent. Travail hollandais.

304 — Deux médaillons ronds, représentant en haut-relief, sur argent, des scènes de batailles du premier Empire ; cadres en bronze doré.

305 — Quatre salières en argent.

306 — Deux ronds de serviettes en argent.

307 — Timbale en argent.

308 — Couvert d'enfant en argent.

309 — Petit plat en argent : sujet d'après Leprince ; au centre, bordure à ornements

310 — Jolie petite écritoire en argent ciselé avec sonnette, cachet et boite ovale. Style Louis XIV.

311 — Petite corbeille en argent repercé, décor à guirlandes sur fond quadrillé.

312 — Petit plateau ajouré en argent repoussé, décor à fleurs. Louis XIII.

313 — Petite coupe en argent, forme lobée à deux anses, gravée à bouquets de fleurs.

314 — Verre à une anse, en argent, décor à feuillages.

315 — Jardinière en argent, modèle côtes tournantes, bordure feuille de chou.

ORFÈVRERIE

316 — Douze dessous de carafes en plaqué.

317 — Service à café en orfèvrerie Christophle, composé d'une cafetière, un sucrier et un pot à lait.

318 — Quatre grands plateaux variés en plaqué, dont trois oblongs garnis argent, l'autre ovale.

319 — Trois autres plus petits, de forme oblongue, en plaqué, garnis argent.

320 — Autre en plaqué, de forme oblongue.

321 — Deux autres ronds, en orfèvrerie Christophle.

322 — Deux réchauds ovales avec leur cloche, en plaqué, garnis argent.

323 — Quatre réchauds ronds avec leur cloche, en plaqué, garnis argent.

324 — Huit plats ronds en plaqué, garnis argent.

325 — Deux autres ovales en plaqué, garnis argent.

326 — Sonnette de table en cuivre argenté.

327 — Deux seaux à glace, en métal argenté, décorés d'une ronde d'enfants. Maison Christofle.

328 — Deux surtouts de table en métal argenté : Enfants bacchants ; coupe en cristal. Maison Christofle.

329 — Quatre cornets assortis aux surtouts précédents. Maison Christofle.

330 — Brosse à miettes en métal argenté.

331 — Plateau à deux anses, en argenture de Christofle.

332 — Deux coupes argentées et ciselées, avec groupes de nymphes dansant.

ARMES ET ARMURES

333 — Belle armure complète en fer clouté de cuivre, époque Henri III. Cette armure en bel état a peut-être subi des restaurations. Avait été fournie par Petitprêtre.

334 — Belle arquebuse, système à rouet, ornée d'incrustations d'ivoire avec applique et garniture en cuivre doré, gravé et repercé. XVIe siècle. A été fournie par Petitprêtre.

335 — Deux beaux pistolets recouverts d'argent ciselé et doré, système à pierre. XVIIIe siècle [1].

1. Presque toutes les armes avaient été fournies par Petitprêtre.

336 — Chanfrein ou tête de cheval, armé d'une pointe en fer uni et clouté. XVIe siècle.

337 — Petite épée italienne, poignée avec fuseau à torsade, quillons en forme de dauphin, garde feuillagée avec buste de femme au talon, pommeau cannelé, lame fine avec inscription dans la gouttière : XXX. DOCA. XVIe siècle.

338 — Épée italienne, lame longue et fine, poignée à fuseau tors, pommeau en fer, couvert d'arabesques, garde et quillons à figures d'animaux. XVIe siècle.

339-340 — Huit hallebardes ou pertuisanes en fer gravé et repercé avec hampes en velours clouté et en bois garnies de franges. Époque des XVe et XVIe siècles.

341 — Grande épée à deux mains, à lame flamboyante, avec poignée torse, garde très développée à quillons courbes et enroulés aux extrémités, pommeau côtelé. XVIe siècle.

342 — Cuirasse en fer, devant à pointe et arêtes saillantes, et entourage clouté avec cotte de mailles. Époque Henri III.

343 — Hache en fer avec manche en bois incrusté d'ivoire. Porte la date 1678.

344 — Paire d'étriers en fer forgé du XVIIe siècle.

345 — Casque forme salade, en fer uni, avec cimier dentelé. XVIe siècle.

346 — Épée espagnole à lame longue et fine, garde à corbeille en fer finement repercé, dessin à entrelacs d'arabesques, quillons droits, fuseau tors, pommeau ornementé. XVIe siècle.

347 — Petite épée à lame flamboyante, garde en fer, à corbeille gravée, pommeau martelé. XVIIe siècle.

348 — Épée espagnole à lame longue, garde à corbeille en fer uni, quillons droits. XVIIe siècle.

349 — Claymore écossaise à lame plate creusée près du talon avec garde en fer repercé. XVIIe siècle.

350 — Deux claymores à lames plates avec gardes repercées à coquilles. XVII siècle.

351 — Épée à lame plate, garde à quillons recourbés, pommeau aplati. XVe siècle.

352 — Épee à lame plate avec poignée, garde en fer à trois branches, fuseau cannelé, pommeau uni. XVIe siècle.

353 — Épée à lame plate, garde à coquille en fer uni, quillons courbés, fuseau bois noir, pommeau uni. XVIe siècle.

354 — Épée à lame plate, garde en fer à coquille enroulée. XVIe siècle.

355 — Hache en fer, manche en bois, incrusté d'ivoire. XVIIe siècle.

356 — Deux foudres en bronze doré.

357 — Fauchard en forme demi-lune avec hampe en bois. XVIe siècle.

358 — Claymore à lame plate avec pommeau ornementé. XVIIe siècle.

359 — Poignard avec gaine et manche en argent.

360 — Poignard circassien avec manche et fourreau en argent filigrané, orné de turquoises.

361 — Modèle miniature de canon en argent. Louis XIV.

362 — Paire de petits pistolets, système à pierre, en acier gravé, de *Grifin*, de Londres. Fin Louis XV.

MATIÈRES PRÉCIEUSES ORIENTALES

363 — Beau brûle-parfums à quatre faces, en jade blanc tout évidé à l'intérieur, avec anses prises dans la masse; couvercle couronné par une chimère. Travail chinois.

364 — Deux coupes en jade blanc, finement évidées, sur socles en bois sculpté. Travail chinois.

365 — Petite jardinière en jade blanc, finement évidée, avec anses à figurines d'enfants, prises dans la masse. Travail chinois. Provient du Palais d'Été.

366 — Petite jardinière en jade gris, finement évidée, avec anses à branchages fleuris, à jour et prises dans la masse ; socle en bois sculpté. Travail chinois.

367 — Petite coupe à deux anses à jour, prises dans la masse. Travail chinois ; socle en bois sculpté.

368 — Deux tasses en jade vert, belle qualité, finement évidées. Travail chinois.

369 — Figurine d'ours accroupi en jade gris. Travail chinois.

370 — Petit seau en prisme d'améthyste, finement évidé ; garniture en bronze doré.

371 — Deux soucoupes en jade vert. Travail chinois.

372 — Jolie coupe avec couvercle en jade blanc, élevée sur trois pieds gravés. Travail chinois.

373 — Très joli vase en jade blanc, finement évidé et gravé,

avec grande anse à suspendre, attenante à des anneaux; le tout pris dans la masse. Travail précieux de Chine. Accroché dans un écran en bronze ciselé, repercé et doré, de Barbedienne.

374 — Deux figurines de Chinois en jade, sur socles en marbre rouge.

375 — Figurine de femme portant une urne en jade. Travail chinois.

376 — Petit quadrupède en jade. Travail chinois.

IVOIRES

377 — Grand olifan en ivoire sculpté, représentant des scènes de chasse, à nombreux animaux de toutes espèces. Style XVIe siècle.

378 — Deux petits vases cylindriques en ivoire finement sculpté, représentant de nombreux personnages dans des villes et paysages. Travail chinois.

379 — Deux petits vidrecomes en ivoire, offrant en bas-relief des scènes de bacchanales, avec anses à cariatides et couvercles couronnés d'un petit Bacchus. Style XVIe siècle.

380 — Deux hauts-reliefs sur ivoire, représentant des scènes de batailles, à nombreuses figures; cadres en bois sculpté et noirci. Style XVIe siècle.

381 — Bas-relief sur albâtre, représentant l'échelle de Jacob. Travail italien du XVIe siècle. Cadre en bois noir et or.

382 — Groupe de trois figures : l'Adoration de l'Enfant Jésus, ivoire attribué au XVIIe siècle ; socle en bois noir. Provient de la collection de San-Donato.

383 — Petit groupe de trois figures en ivoire japonais, dessous une signature.

384-385 — Deux petits groupes de deux figures : Fumeur d'opium et Marchande ambulante en ivoire japonais. Signé dessous.

386 — Newské en ivoire japonais, représentant un chien de Fô sur un coquillage.

387 — Deux figurines en ivoire : Joueur de cornemuse et Joueur de mandoline, inspirées du XVIe siècle ; socle en bois sculpté.

388 — Figurine en ivoire : Soldat du XVIe siècle ; socle en bois sculpté.

389 — Deux groupes de deux figures en ivoire japonais.

390 — Petite figurine : Japonais en ivoire.

391 — Deux grands groupes de guerriers à cheval en ivoire japonais.

392 — Figurine en ivoire : Fauconnier, socle en bois sculpté. Style XVIe siècle.

393 — Quatre figurines en ivoire : allégories du *Goût*, de *la Vue*, de *l'Ouïe* et du *Toucher*; socles en bois noir sculpté. Style XVIe siècle.

394 — Statuette en ivoire du Japon : personnage assis, dessinant et portant une jardinière sur sa tête.

395 — Petite figurine en ivoire du Japon : personnage presque nu, mordant à une branche.

396 — Trois petits groupes en ivoire japonais.

397 — Petit groupe de trois animaux en bois sculpté du Japon.

398 — Deux petites boites rondes en ivoire sculpté de Chine, décor à paysages et figures.

399 — Deux figurines en ivoire : *Bûcheronne* et *Vigneron*, sur socles en bois noir sculpté.

400 — Deux groupes en ivoire : *Mendiants*, sujets d'après Callot; socles en bois noir sculpté.

401 — Deux figurines en ivoire : *J. J. Rousseau* et *Voltaire*, montées sur socles en nacre.

402 — Groupe de deux figures en ivoire du Japon.

403 à 406 — Neuf petits groupes en ivoire japonais.

407 — Deux petites aiguières en ivoire sculpté, offrant en bas-relief des scènes mythologiques, anses à figures de nymphe renversée.

ÉMAUX

408 — Soyer. *Les Hallebardiers.* Deux beaux émaux, peintures en couleur. Style xvie siècle, signés. Cadres en bois noir et or.

409 — Soyer. *Mars* et *Minerve.* Deux émaux, peintures en grisaille, rehaussées d'or, avec encadrements en émail, dessin à ornements ; cadres en bois noir et or.

410 — Soyer. *Les Fauconniers.* Deux émaux en couleur, à rehauts d'or, forme cintrée dans le haut ; cadres en bois noir et or, à fond de velours.

411 — *L. Clément Septimus. Cujas Jacques.* Deux portraits en émail, peinture en couleur et grisaille, formant fonds de plats avec bordures à mascarons, cartouches et branchages, de style xvie siècle.

412 — Limoges. *Diane chasseresse.* Émail cintré dans le haut, peinture en grisaille et couleur, partie sous paillons d'or, style xvie siècle. Cadre en bois sculpté et doré.

413 — *Le Repos de Diane.* Plaque ovale, émail peint en couleur, composition de cinq personnages ; cadre en bois sculpté et doré.

414 — *Reine de l'antiquité.* Plaque rectangulaire en émail, peint en grisaille, à rehauts d'or, médaillon dans un cartouche, à ornements raphaélesques, style xvie siècle ; cadre en bois sculpté et doré.

415 — *La Vierge au pied de la Croix.* Émail de Limoges, peint en couleur et rehauts d'or, xviie siècle ; cadre en bois doré, à fronton, avec médaillon en émail de Limoges, représentant un évêque.

416 — Laudin (attribué à). *L'Enfant Jésus et saint Jean.* Plaque ovale ; émail de Limoges, peinture en couleur ; cadre en bois doré.

417 — École italienne. *Vénus et l'Amour.* Plaque rectangulaire en émail, peinture en grisaille et camaïeu bleu, avec dragons aux écoinçons ; cadre en bois sculpté et doré.

418 — Limoges. xvie siècle. *La Vierge, sainte Anne et*

saint Jean au pied de la Croix. Baiser de paix, peinture en couleur et grisaille, à rehauts d'or ; cadre en bois sculpté et doré.

419 — *L'Annonciation.* Plaque rectangulaire en émail, peinture en grisaille et rehauts d'or, avec encadrement raphaélesque ; cadre en bois sculpté et doré.

420 — *Imaio.* Plaque ronde, buste de personnage casqué, émail peint en grisaille et couleur, rehaussé d'or ; cadre en bois sculpté et doré.

421 — *Henri II, roy de France.* Plaque rectangulaire en émail, peinture en couleur et rehaussé d'or ; cadre en bois sculpté et doré.

422 — Limoges. xviie siècle. Deux coupes à bords lobés, offrant au centre : l'une Saint Jean et l'autre Saint Georges ; peinture en grisaille et couleur, à rehauts d'or.

423 — Limoges. xvie siècle. *La Flagellation.* Émail peint en couleur ; cadre en bois sculpté et doré.

LAQUES FINES

424 — Charmant petit cabinet en ancienne laque très fine du Japon, offrant, sur les quatre côtés et dessus, des scènes à petits personnages à rehauts d'or de différents tons,

cheveux imbriqués de noir, le tout se détachant sur fond aventuriné pointillé d'or à fond noir. Il s'ouvre à un battant, présentant à l'intérieur un personnage monté sur deux sacs, armé de lanière et de marteau. Les trois tiroirs, dessin quadrillé à fleurettes, renferment l'encrier et des petites boites avec couvercles. Les parois extérieures, formant cage, sont décorées d'ornements d'or sur fond d'or.

425 — Très jolie boîte forme jonque en ancienne laque d'or du Japon, travail des plus délicats, représentant, dessus, un bateau chargé d'objets de tous genres, dessinés en ors de différents tons, la coque brunie et gravée. Le tour représente des paysages accidentés avec des cours d'eau, la gorge en quadrillé mosaïque. Elle renferme un plateau en ivoire, suivant les contours et rehaussé d'un assemblage d'objets en laque aurifère, argentifère, avec applications de burgau, d'écaille et d'ivoire teinté.

426 — Très jolie petite boite en ancienne laque fine à contours, décor oiseaux et branchages à rehauts d'or sur fond d'or, le tout gravé sur fond d'or. A l'intérieur, un plateau suivant les contours, offrant un hibou sur un rocher, une envolée d'oiseaux en ors de différents tons. Fond de la boite aventuriné.

427 — Petite boîte rectangulaire en laque aventurinée et noire rehaussée d'or, dessin à paysages accidentés ; dessus fond d'or avec sac et jetée de chrysanthèmes argentifère et aurifère ; à l'intérieur, un plateau.

MINIATURES, BOITES

428 — Deux miniatures sur ivoire : Portraits de *Rembrandt* et de *Van Dyck*. Cadres en bronze.

429 — Deux médaillons en vernis de Brunswick : *l'Enlèvement des Sabines* et *Alexandre interrogeant Diogène*. Cadres en bronze,

430 — Miniature de forme cintrée, dans le haut, représentant le Dentiste d'après Miéris. Cadre doré. Style Louis XVI.

431 — Miniature ronde sur ivoire, du temps de Louis XVI, représentant une Invocation à l'amour. Cadre bronze poli.

432 — Deux miniatures : scènes de l'antiquité. Cadres bronze.

433 — Miniature ovale représentant la Présentation des amours. Cadre en bronze.

434 — Miniature ronde ; paysage avec figures. Cadre en bronze à nœuds de rubans.

435 — Miniature ronde : paysage avec ruines animé de figures. Cadre bronze à nœud de rubans.

436 — Miniature ronde : Portrait de femme jouant avec un chien. Cadre en bronze, à nœud de rubans.

437 — Petite miniature ovale, du temps de Louis XVI : Portrait de femme. Cadre en bronze, à nœud de rubans.

438 — Deux petits médaillons : Portraits de femmes sur fond d'or avec cadres en bois doré, à fond de velours. Louis XVI.

439 — Deux fixés d'après Joseph Vernet : Marines avec figures.

440 — Petit émail ovale : scène de combat, époque Louis XIII. Cadre émaillé.

441 — Boîte ovale en écaille, montée en or, à charnières avec miniature : Portrait de prélat en grisaille. Époque Louis XVI.

442 — Bonbonnière ronde en écaille posée d'or et d'argent, avec miniature : Portrait d'homme, montée en or. Louis XVI.

443 — Drageoir en argent ciselé forme coquille, dessin à personnages et sujet de chasse, bordure à coquilles et guirlandes. Époque Louis XV.

444 — Petite boîte en argent ciselé représentant le tombeau de Benvenuto Cellini.

445 — Boite rectangulaire en ancien émail de Saxe, représentant des scènes militaires ; monture à charnières. Époque Louis XV.

446 — Boite rectangulaire, en ancienne porcelaine de Saxe, offrant au pourtour des médaillons en camaïeu violet, à figures encadrées de rocailles, dessus à fleurs ; intérieur à vue de château et parc animé de figures.

447 — Boite rectangulaire en ancienne porcelaine de Vienne, décor représentant des médaillons à figures des sages de la Grèce ; intérieur offrant le portrait d'un archiduc d'Autriche.

448 — Boite à contours en émail d'Allemagne, décor à reliefs d'or et médaillon à petits personnages.

449 — Bonbonnière en ivoire avec miniature : Portrait d'homme.

450 — Joli groupe de cinq vaisseaux et autres embarcations en bois finement sculpté, posé sur un fond de glace. Travail curieux.

451 — Petit coffret en lapis de Bohême, monture en cuivre doré.

452 — Coupe-papier en ivoire.

453 — Plumier et séchoir en cuivre.

454 — Petite boite en argent, ancienne.

455 — Divers socles en bois sculpté de Chine.

PORCELAINES

456 — Deux grands plats creux en ancienne porcelaine du Japon, à décor bleu, rouge et or : au centre, vase de fleurs au marli et à la chute, compartiments de forme contournés contenant des branches de pêchers, des chrysanthèmes et des baies fleuries. — Diam., 54 cent.

457 — Deux plats en ancienne porcelaine de Chine, pouvant se faire pendants : au centre, objets mobiliers et paysage ; au marli, médaillons de fleurs sur fond bleu soufflé rehaussé de dorure. — Diam., 41 cent.

458 — Deux plats creux en ancienne porcelaine de Chine, famille rose : au fond, bouquet de pivoines ; au marli, lambrequin quadrillé.

459 — Deux compotiers à bords lobés en ancienne porcelaine de Chine, décor bleu : rochers et fleurs.

460 — Deux plats à bords contournés en ancienne porcelaine de Chine ; au centre, écusson armorié supporté par deux renards ; au marli, guirlandes de fleurs.

461 — Quatre assiettes en porcelaine de Chine, à décor rouge et or, de compartiments avec branches fleuries polychromes.

462 — Plateau à bords lobés en ancienne porcelaine de Saxe, décor polychrome : oiseaux sur des branches d'arbres ; les bords sont gaufrés à vannerie.

463 — Deux assiettes à bords festonnés en ancienne porcelaine de Chine, famille rose : coqs.

464 — Petit plat en ancienne porcelaine de Chine, famille verte : fleurs et oiseaux.

465 — Compotier en ancienne porcelaine du Japon, à décor bleu, rouge et or : paysage au centre ; chrysanthèmes à la chute.

466 — Assiette en porcelaine de Chine, décor bleu : oiseau, rochers et fleurs.

467 — Six assiettes en ancienne porcelaine du Japon, à décor bleu, rouge et or : vases de fleurs, chrysanthèmes, pivoines.

468 — Deux cornets en porcelaine du Japon, décor bleu, rouge et or, à fleurs ; sur socles en bois.

469 — Quatre soucoupes variées, en porcelaine de Chine, décor bleu à fleurs.

470 — Deux raviers, céramique à fleurs, avec bordure gaufrée à vannerie.

471 — Deux vases brûle-parfums avec couvercles, panses ovales, en porcelaine d'Allemagne, décor à paysages avec figures et ornements à rehauts d'or.

472 — Petit groupe en céladon fleuri, représentant un Chinois assis sur un rocher au milieu des flots de la mer. Provenant du palais d'Été.

473 — Deux jolies figurines de Saxe, à costumes fond noir et rehaussées d'or, terrassements à rocailles.

474 — Six petites figurines : Amours en porcelaine de Saxe et de Berlin.

475 — Deux groupes en porcelaine de Saxe, de quatre figures représentant : le Temps faisant son œuvre et Minerve préparant ses plans.

476 — Figurine de Saxe : la Joueuse de vielle.

477 — Petit groupe de Saxe : l'Enfant pêcheur.

478 — Deux jolis petits groupes de deux figures, de Saxe, époque Marcolini : les Bergers galants.

479 — Groupe de deux figures de Chelsea : Minerve et Enfant.

480 — Deux petites aiguières du Japon, décor bleu, rouge et or. Monture cuivre doré.

481 — Plateau, forme feuille de Saxe, décor à bouquets de fleurs.

482 — Bonbonnière de Saxe, décor à roses détachées.

483 — Petit groupe de quatre figures de Saxe : les Arts.

484 — Grande figurine de Saxe : la Jardinière, décor à rehauts d'or.

485 — Quatre petites figurines : Amours en porcelaine de Berlin.

486 — Petite gourde de Satzuma, décor à branchages.

487 — Petite corbeille en porcelaine d'Allemagne, décor fleurs en relief.

FAIENCES

488 — Bannette oblongue à deux anses, en ancienne faïence de Rouen, décor polychrome au carquois, avec lambrequin à la chute.

489 — Bannette oblongue à angles coupés et deux anses en ancienne faïence de Rouen, à décor polychrome : au centre, corbeille de fleurs ; au marli, lambrequin enguirlandé.

490 — Plat ovale en ancienne faïence de Moustiers, à décor bleu : au fond, décor de cariatides, chimères, Apollon, dans la manière de Bérain; sur le marli, dentelle.

491 — Quatre assiettes, faïence de Delft polychrome, décor dit au tonnerre, avec fleurs.

492 — Petit plat oblong à bords festonnés, faïence de Marseille, décor d'armoiries et fleurs en couleur, rehauts de dorure.

493 — Deux petits plateaux, faïence hollandaise, décor bleu; au fond, un poisson.

494 — Deux petits plats avec cavité centrale en faïence, décor de style italien : buste, amour, grotesques et trophées.

495 — Deux compotiers, faïence de Strasbourg, décor au Chinois.

496 — Deux petites assiettes en ancienne faïence de Castelli, pouvant se faire pendants : sur l'une, allégorie d'un signe du Zodiaque, le Scorpion ; sur l'autre, Jeune Femme à la fontaine.

497 — Deux autres, ancienne faïence de Castelli : Berger et Divinité de la mer.

498 — Autre, même faïence : Sainte et Ange.

499 — Deux autres, même faïence, pouvant se faire pendants : paysage et personnage portant un tambour.

500 — Autre, même faïence : la Mort d'Abel.

501 — Deux plaques rondes, même faïence : l'Annonciation, la Sainte Famille.

502 — Deux petits plateaux à bords lobés en ancienne faïence de Savone, décor bleu : personnages.

503 — Assiette, faïence italienne, décor polychrome : armoirie et amour.

504 — Deux plats oblongs à bords découpés en ancienne faïence hollandaise, décor bleu de rinceaux fleuris. Au revers, la marque : *I : roh.*

505 — Deux fromagères à bords découpés et fond repercé en ancienne faïence hollandaise, décor bleu de fleurs et rinceaux.

506 — Deux plats creux, poterie du Japon : nombreuse réunion de personnages en noir, rouge et or.

507 — Assiette à bords festonnés en ancienne faïence de Moustiers, décor polychrome : personnage au centre, fleurs au marli et à la chute.

508 — Petit plat rond à bords découpés en ancienne faïence de Rouen, décor polychrome à la corne d'abondance avec oiseaux et papillons. Au revers, la marque : *S. B.*

509 — Chope en faïence moderne italienne, décor sujet mythologique, sur pied à rocailles en bronze argenté.

VITRAUX

510 — Croisée comprenant quatre vitraux rectangulaires en couleurs présentant la Sainte Famille, des personnages debout en armes et des armoiries ; elle comprend en outre quatre petits vitraux ronds présentant des animaux chimériques.

511 — Autre croisée comprenant également quatre petits vitraux ronds et quatre vitraux rectangulaires, ceux du haut : portraits de femmes ; ceux du bas d'ancien travail suisse : armoirie accostée de deux personnages avec la date 1579, et deux personnages debout avec légende, armoirie et petits sujets.

LIVRES

512 à 536 — Voltaire (Œuvres de), 70 vol. — Racine (Œuvres de), 6 vol. — Rousseau (Œuvres de), 20 vol. — Lafontaine (Œuvres de), 7 vol. — Littré et Robin, 1 vol. — Bouillet

(Dictionnaire), 2 vol. — Vapereau, 1 vol. — Tripier, 1 vol. — Victor Hugo, 46 vol. — Béranger, 11 vol. — Regnard, 2 vol. — Musset, 11 vol. — Corneille, 12 vol. — Molière, 8 vol. —Vacquerie, 1 vol. — Lesage, 1 vol.— Dumas fils, 12 vol. — Augier, 7 vol. — Barbier, 1 vol. — Littré, 5 vol. — Larousse, 16 vol. — Thiers, 12 vol. — Balzac, 55 vol.

537 — Objets non catalogués.

www.ingramcontent.com/pod-product-compliance
Ingram Content Group UK Ltd.
Pitfield, Milton Keynes, MK11 3LW, UK
UKHW031937260826
14628UKWH00004B/1681

9 782329 446080